¡BRAVO, ROSINA!

A la querida memoria de mis padres,
que hicieron posible el perseguir de una vocación.

C.M.

EDICIONES
ekaré

Edición a cargo de Verónica Uribe
Dirección de arte: Irene Savino

Primera edición, 2005
© 2005 Texto, María José Thomas
© 2005 Ilustraciones, Claudio Muñoz
© 2005 Ediciones Ekaré

Edif. Banco del Libro, Av. Luis Roche, Altamira Sur,
Caracas 1062, Venezuela · www.ekare.com

¡BRAVO, ROSINA!

Texto de **María José Thomas**
Ilustraciones de **Claudio Muñoz**

EDICIONES EKARÉ

Nunca olvidaré el día en que mi abuelo regresó de su largo viaje. Una semana antes había llegado un telegrama que decía:

CAPITAN DEL ROSSINI ANUNCIA LLEGAREMOS VALPARAISO 8 SEPTIEMBRE PUNTO ID TODOS A BUSCARME AL PUERTO PUNTO TRAIGO SORPRESA PARA ROSINA PUNTO ABRAZOS COMA EDUARDO.

De manera que el día 8, muy temprano, salimos en el coche rumbo a Valparaíso. El viaje era largo, pero el camino estaba hermoso con los primeros árboles florecidos: aromos amarillos, ciruelos rosados, almendros blancos. Yo asomaba la cabeza para respirar el olor dulce de las flores.

Llevábamos ya un par de horas en la carretera cuando llegamos a una cadena de cerros. Se veía el trazado del camino en la ladera curveando hacia arriba. El coche se quejaba mientras subíamos la empinada cuesta. Tosía y corcoveaba y yo pensaba que se detendría en cualquier momento. Y así fue: nos detuvimos tres veces.

Una en la cumbre del cerro más alto para que se enfriara el motor, otra para comernos la comida que mi mamá había puesto en una cesta. Y una tercera vez porque tuve que ir al baño, pero por allí no había baños. Sólo un potrero de pastos con unas vacas que me miraban con sus ojos extraños mientras masticaban y batían la cola.

Finalmente, después de una última curva, vimos el mar.
La bahía estaba llena de barcos y yo trataba de adivinar
cuál de todos ellos sería el Rossini. Por unas calles estrechas
y empinadas fuimos bajando hacia el mar. Las casas eran también
estrechas y altas y estaban cubiertas de latón pintado
de todos colores.

En el muelle había mucha gente esperando a los viajeros, pero yo fui la primera en divisar a mi abuelo. Tenía su boina a cuadros, como siempre. Y era más alto que los demás.

—¡Qué grande estás, Rosina! ¡Y qué linda! —dijo mi abuelo al abrazarnos.

De regreso en Santiago, abrimos los baúles. Venían ropas, telas, libros y una gran muñeca para mí. Pero lo más extraordinario fue otra cosa: una curiosa máquina de música llamada Victrola.

—Suena como por arte de magia -decía mi madre.

—Ninguna magia -decía mi abuelo-. Ingenio, puro ingenio del hombre.

Y nos mostraba el "plato" en donde se colocaba un disco negro y brillante, el "brazo" que terminaba en una aguja, la manilla para darle cuerda y la caja por donde salía la música.

—¡Maravilla de maravillas! -decía, y se reía de gusto.

El abuelo había traído muchos de esos discos negros y reunía a la familia para que los escucháramos, sentados y en silencio.

—¡El Barbero de Sevilla! Escuchen qué hermosa ópera -decía mi abuelo- y es de Rossini.

—¿Rossini? ¿Como tu barco? -pregunté.

—Sí, el barco se llama Rossini en honor a Gioacchino Rossini, el compositor de esta ópera.

Y mi abuelo nos contaba los cuentos de las óperas:

—Es el duque de Almaviva que se enamora de Rosina...

—¿Rosina? ¿Como yo?

—Sí, como tú, la soprano se llama Rosina -decía mi abuelo mirándome y continuaba-, pero su tutor no quiere que tenga enamorados. El duque se hace llamar Lindoro...

Yo cerraba los ojos y me imaginaba en un elegante teatro viendo a una orquesta de muchos músicos y a un cantante muy apuesto. Pero cuando abría los ojos, lo que veía era la lámpara de lágrimas de la sala de mi casa y me preguntaba si acaso en los teatros habría también esas lámparas brillantes de nombre triste.

No sólo escuchamos discos esa primavera. El abuelo estaba dispuesto a tener su propio estudio de grabación y a ser el primero que fabricara los mágicos discos en el país. Y comenzó por desocupar dos de los cuartos del fondo de la casa y a prepararlos como estudio de grabación, uno, y fábrica, el otro. Vinieron los técnicos, como los llamaba mi abuelo, y taparon todas las paredes de uno de los cuartos con unas maderas llenas de huequitos y en el otro instalaron seis aparatos parecidos a unas cocinas.

—Aquí cocinaremos discos, Rosina -decía mi abuelo-. Ya verás.

Y así fue. A los pocas semanas ya estaba listo
el Estudio de Grabación, "con licencia de RCA Victor",
como decía mi abuelo, y comenzarían a grabarse los discos.

Pero el día en que se terminaron los trabajos, mi abuelo
me llamó aparte y me dijo muy serio:

—Rosina, ya no podrás entrar al estudio de grabación
ni a la fábrica. Hay aparatos delicados que los niños no deben
tocar y es también peligroso. Espero que lo entiendas.

¡No lo podía creer! Mi abuelo me dejaba fuera; mi abuelo
me apartaba de lo más emocionante que había sucedido
en nuestras vidas. Primero, no pude hablar porque tenía
la garganta apretada y caliente, pero despúes le dije
casi sollozando:

—No, no entiendo y ya no soy una niña.

—Lo lamento, Rosina, entiendas
o no entiendas, no podrás entrar.
Y aún eres una niña, te guste o no.

Lloré mucho, pero nadie me hizo caso; estaban todos muy emocionados con el comienzo de las grabaciones. Subí a mi habitación y me encerré. Desde la ventana veía ir y venir gente por el patio y a mi abuelo, muy agitado y colorado, dando órdenes. Parecía que el mundo mágico de los discos se alejaba y se desvanecía a pesar de estar tan cerca.

Entonces, mirando hacia abajo, me di cuenta de que el castaño quedaba justo enfrente de las ventanas del Estudio de Grabación. "El castaño, el castaño", pensé, feliz. Me sequé las lágrimas, me lavé la cara y bajé corriendo. Sin que nadie se diera cuenta, me subí al árbol. Las ramas y las hojas me tapaban. Nadie me veía, pero yo veía todo.

Era la temporada de ópera en el Teatro Municipal y venían los cantantes a grabar: sopranos gordas y rubias, contraltos morenas con ojos de fuego, un calvo chiquito con una voz de bajo que llegaba a asustarme y muchos otros. Todos ensayaban antes de grabar. Salían al patio, se paseaban y, a veces, cantaban justo debajo de mi castaño. Luego, entraban al estudio donde su voz quedaba grabada en unas largas cintas rojas. Los técnicos tomaban las cintas y las transformaban en unos discos de metal que ellos llamaban "matrices" y después estas matrices iban a las cocinas donde se iban haciendo los discos negros y pulidos. Desde el castaño, yo escuchaba el siseo y veía las nubes de vapor que se levantaban cada vez que salía un disco.

Además de los cantantes venían los músicos, los agentes, los amigos y los curiosos. A veces, la casa de mi abuelo parecía un teatro y se escuchaba música todo el día.

Me pasaba horas y horas en el castaño. Llevé unos cojines que amarré a las ramas para estar sentada más cómoda. Puse unas tablas en donde coloqué mis libros. También subía frutas: manzanas, ciruelas, nueces, pasas y galletas o dulces que preparaba mi abuela. El castaño era mi refugio secreto.

Y una tarde, mientras leía arriba en mi árbol, vi salir del estudio de grabación a un hombre alto y delgado. Estaba vestido de chaleco a pesar del calor, tenía el pelo engominado y era tan buenmozo como Rodolfo Valentino. Se paseó por el patio y luego vino a pararse debajo del castaño. Allí comenzó a hacer escalas, a entonar, y luego cantó *Una furtiva lacrima* con una voz tan hermosa que no parecía de este mundo. Yo estaba fascinada escuchando la voz clara y armoniosa. Tan concentrada estaba mirando a este personaje especial, muy distinto a los otros cantantes que iban a casa de mi abuelo, que sin darme cuenta topé con mi rodilla la tabla que sostenía mis libros y mis provisiones. Intenté sostener las cosas que se caían, pero fue peor. La tabla, los libros, las ciruelas, las galletas y hasta mi cuaderno de dibujo se fueron al suelo. Me tapé la cara.

–*¡Perbacco!*

Escuché decir. Y en seguida:

–*¡Che cos 'é questo!*

Cuando me atreví a mirar, el tenor se estaba sacudiendo su traje. Al parecer, sólo las ciruelas lo habían golpeado. Luego, se agachó, recogió los libros y miró hacia arriba.

—¿Qué pájaro tan extraño vive en este árbol? -me preguntó sonriendo.

Yo estaba roja y quería llorar, pero solo atiné a decir.

—Soy Rosina.

El tenor se rió y repitió:

—¿Rosina?

Entonces, aun riendo, cantó con su hermosísima voz:

Io son Lindoro
che fido v´adoro...

¡Era una de las arias que más me gustaban de El Barbero de Sevilla! Me la sabía de memoria y cuando el tenor llegó a:

dall´aurora al tramonto del di...

sin saber cómo ni por qué, tal vez porque estaba tan emocionada, canté:

Segui, oh, caro; deh, segui cosi!

Entonces, el tenor llamó a voces a mi abuelo:

—¡Eduardo! ¡Eduardo! ¡Esta niña tiene una voz *bellissima!*

Y el tenor pronunciaba en italiano: *bellissima.*

Bajé de mi refugio justo cuando llegaba mi abuelo.

—¿Qué pasa? ¿Qué pasa, Dino? -preguntó muy asombrado al verme al lado del tenor.

—Que esta niña tiene una voz *bellissima* y es muy entonada. Vamos a grabar juntos.

—¿Cómo? ¿Cómo? -preguntó otra vez mi abuelo, pero el tenor nos fue empujando a ambos hacia la sala de grabación.

Y allí estaba yo con el gran tenor Dino Borgioli, frente al micrófono. Había una penumbra y un silencio que me asustaron. Era muy distinto estar mirando desde el castaño que estar dentro, en el centro de este mundo prohibido. Los músicos esperaban una señal del tenor para empezar a tocar. Mi abuelo miraba serio pero aún muy desconcertado. Y yo estaba segura de que no estaba nada contento.

No sé cómo, pero grabé con Dino Borgioli el aria de *Se il mio nome saper voi bramate* (Si mi nombre quieres saber). Claro que Rosina tiene una sola línea, canta apenas unos segundos, y la primera vez que lo hice, la voz me salió temblorosa y sin fuerzas. Entonces, el tenor me tomó de los hombros, me hizo respirar profundamente cinco, seis veces y me dijo:

—*Piu forte, ragazza, piu forte.*

Finalmente canté como Dino quería que lo hiciera. Y cuando terminó el aria, escuché:

—Bravo, Rosina, bravo.

Era la voz de mi abuelo que me aplaudía y me pareció que estaba muy emocionado.

Antes de partir, Dino Borgioli le dijo a mi abuelo:

—Eduardo, esta *ragazza* debe estudiar música.

Estudié música. Muchas largas tarde de invierno y verano.
Y, un día, tres años después, recibí una tarjeta. Decía así:

Rosina:
Te espero esta noche en la función
del Teatro Municipal.
Lindoro.

Era una invitación de Dino Borgioli que había regresado
a hacer una nueva temporada en Santiago.

Esa noche, al entrar al Teatro Municipal sentí la misma
emoción de siempre ante las escaleras de mármol, las alfombras
rojas y la inmensa lámpara de lágrimas, mucho más grande que
la de la casa de mi abuelo. "No son lágrimas de tristeza las de
estas lámparas, son lágrimas de luz y emoción", pensé. El gran
foyer, el murmullo de la gente entrando al teatro, y luego
los extraños sonidos de la orquesta afinando los instrumentos,
me daban escalofríos y sentía que mi corazón latía como un
pequeño tambor.

Dino Borgioli cantó esa noche con una voz aún más hermosa
de lo que yo recordaba. Al iniciar el aria de Lindoro
me pareció que me miraba y sonreía. Y, después, cuando
fuimos a saludarlo a su camerino, me preguntó:

—¿Has estudiado?

—Sí, mucho -contesté.

—Bueno, Eduardo, entonces ahora debes enviarla a Italia.

Toda esa noche pensé en Italia. ¿Sería tan hermosa
como me la imaginaba?¿Aprendería italiano?
¿Cantaría alguna vez en un hermoso teatro?
¿Cantaría alguna otra vez con Dino Borgioli
en un verdadero teatro?

Nunca fui a Italia. Y no terminé mis estudios en el conservatorio. Hice otras muchas cosas en la vida y viajé a otros países. Pero la imagen de Italia permaneció para siempre ligada al recuerdo de la música. Sin embargo, tanto Italia como la música quedaron atrás, muy atrás en mi vida.

De vez en cuando, revuelvo mi caja de recuerdos y me topo con la invitación de Dino Borgioli, aquel tenor más hermoso que Rodolfo Valentino y que tenía una voz de oro. Tarareo algunas arias que recuerdo bien y le cuento a mi nieta Clarisa la historia que comenzó el día en que mi abuelo trajo un fonógrafo y unos discos a la vieja casa del centro.

La historia de Rosina está basada en hechos reales y la contó la propia protagonista, Eugenia Band, quien nació en Santiago de Chile en 1918.

Hacia finales de la década del 20 del siglo pasado, comenzaron a llegar a Chile las victrolas que remplazaron a los ya antiguos gramófonos. Uno de estos aparatos sorprendentes, llamados también "máquinas parlantes", lo trajo el abuelo de Eugenia cuando regresaba de uno de sus viajes. Fascinado por la música y las nuevas tecnologías, construyó un estudio de grabación en su propia casa y allí mismo fabricó durante varios años discos de pasta (o goma laca) por un proceso relativamente sencillo. Fue de los primeros fabricantes de discos del país y realizaba grabaciones con los artistas y músicos que venían a presentarse en la temporada lírica del Teatro Municipal. Estas fábricas caseras de discos también las hubo en Buenos Aires y Montevideo.

La **victrola** que aparece en este cuento fue uno de los tantos modelos que fabricó la compañía *Victor Talking Machines* (Máquinas Parlantes

Victor). Al contrario de los **fonógrafos** que lucían una hermosa corneta de metal que amplificaba el sonido, las victrolas, más modernas, la tenían escondida dentro de la misma caja.

A los fonógrafos y a las primeras victrolas se les daba cuerda con una manilla. En 1920 comenzaron a fabricarse victrolas con un motor eléctrico que daba al disco una velocidad constante.

Los primeros "discos" fueron cilindros de metal o de cera. En 1877, Emile Berliner inventó el disco plano para grabar el sonido. Era de goma endurecida que Berliner llamó "vulcanita".

Unos años más tarde, un fabricante de botones experimentó con el mismo material con que hacía los botones: una resina llamada goma laca. El resultado fue muy bueno y durante muchos años los discos se fabricaron con este material. Eran unos discos de 30 centímetros de diámetro, de color negro y daban vueltas a 78 revoluciones por minuto. Eran los llamados "**discos 78 rpm**". Al comienzo se grababan por un solo lado, y duraban entre 3 y 4 minutos solamente, pero más adelante se grabaron por ambos lados.

Estos fueron los discos que fabricó el abuelo de Rosina en su casa de Santiago de Chile.

En 1948 la compañía Columbia Records comercializó los discos llamados **LP** o *long playing* que permitían grabar hasta 20 minutos por lado y rotaban a 33 1/3 revoluciones por minuto. Y al año siguiente aparecieron los discos **45 rpm**, llamados también *singles*, más pequeñitos, para unos 3 minutos de grabación, especiales para que los grupos musicales grabaran una sola canción por cada lado. Los LP y los 45 se hacían de plástico vinilo, más flexible y más durable que la goma laca.

Dino Borgioli, otro personaje de este cuento, fue un gran tenor italiano que actuó varias veces en Santiago. Toscanini lo descubrió en el año 1916 y desde entonces interpretó los roles más importantes de muchas óperas famosas, entre ellas, **El barbero de Sevilla** y **Elíxir de amor**.

La letra del aria de **El barbero de Sevilla** que cantó Dino Borgioli y cautivó a Rosina es la siguiente:

Se il mio nome saper voi bramate,
dal mio labbro il mio nome ascoltate.
Io son Lindoro
che fido v'adoro,
che sposa vi bramo,
che a nome vi chiamo,
di voi sempre parlando così
dall'aurora al tramonto del dì.

Segui, oh, caro; deh, segui cosi!

L'amoroso e sincero Lindoro,
non può darvi, mia cara, un tesoro.
Ricco non sono,
ma un core vi dono,
un'anima amante
che fida e costante
per voi sola sospira così
dall'aurora al tramonto del dì.

MARÍA JOSÉ THOMAS nació en Santiago de Chile en 1966. Estudió literatura en la Universidad de Chile y realizó un postítulo en psicodrama. Durante más de diez años dirigió talleres de creación literaria para niños. Actualmente trabaja en una editorial y sigue vinculada a los niños como terapeuta de Flores de Bach. En el año 2001 publicó su primer libro titulado **La estrella viajera**. Vive en un cerro en Santiago de Chile junto a su marido, Gonzalo, y sus tres hijos: Luciano, Kailín y Julieta. En relación a **¡Bravo, Rosina!**, María José Thomas ha dicho:

"Cuando Ediciones Ekaré me invitó a hacer un cuento que recuperara la forma en que se fabricaban cosas que ya no se fabrican, me embarqué en un viaje por el tiempo y el espacio. Contar esta historia significó para mí contactarme con un modo olvidado de vivir, de soñar y hacer las cosas, con otra dimensión del tiempo y de los espacios y otra manera de relacionarse entre las personas. Conocer la historia de Eugenia, que es la niña del cuento, me llenó de un paisaje que ya no existe y que, sin embargo, está tan cerca de todos nosotros".

CLAUDIO MUÑOZ nació en Talcahuano, Chile, en 1947. Estudió arquitectura pero pronto abandonó la universidad para dedicarse al diseño gráfico y a la ilustración. En 1978 viajó a Inglaterra donde prosiguió su carrera como ilustrador en la prensa y de libros para niños. Ha recibido numerosas distinciones por su trabajo, entre ellas, el *Premio Victoria and Albert Museum* por **Night Walk** (Paseo nocturno), escrito por su esposa, y el *Premio Livre de la Mer* por su libro **Little Captain** (Pequeño capitán), del que es autor e ilustrador. Es padre de un hijo y dos hijas y vive en Dorset con su mujer, la pintora Jill Newsome.
Acerca de su trabajo de ilustración para **¡Bravo, Rosina!**, realizado con tinta y acuarela, Claudio ha dicho:

"Desde que resido en el exterior ha sido mi especial deseo publicar mi trabajo en Chile y Latinoamérica. ¡Bravo, Rosina! me dió la ansiada oportunidad. Pero nunca sospeché que mi propia memoria se transformaría en el más serio obstáculo. Cada párrafo de la bella historia fue un rencuentro casi violento con mi pasado y la avalancha de imágenes y sentimientos casi me paralizó. Las ilustraciones resultaron así de la inconclusa danza entre el orden necesario y aquel fértil caos."

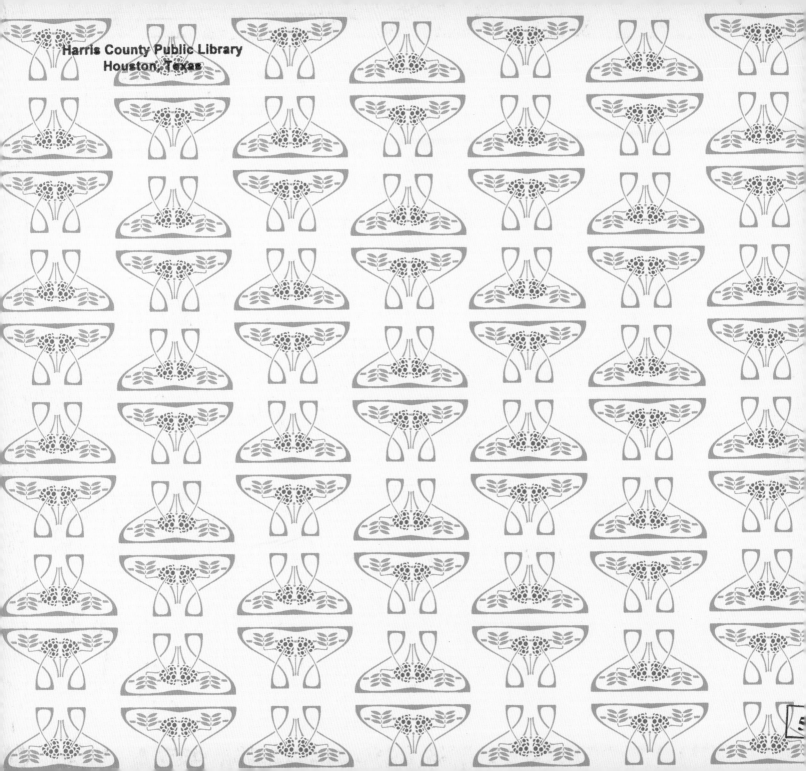